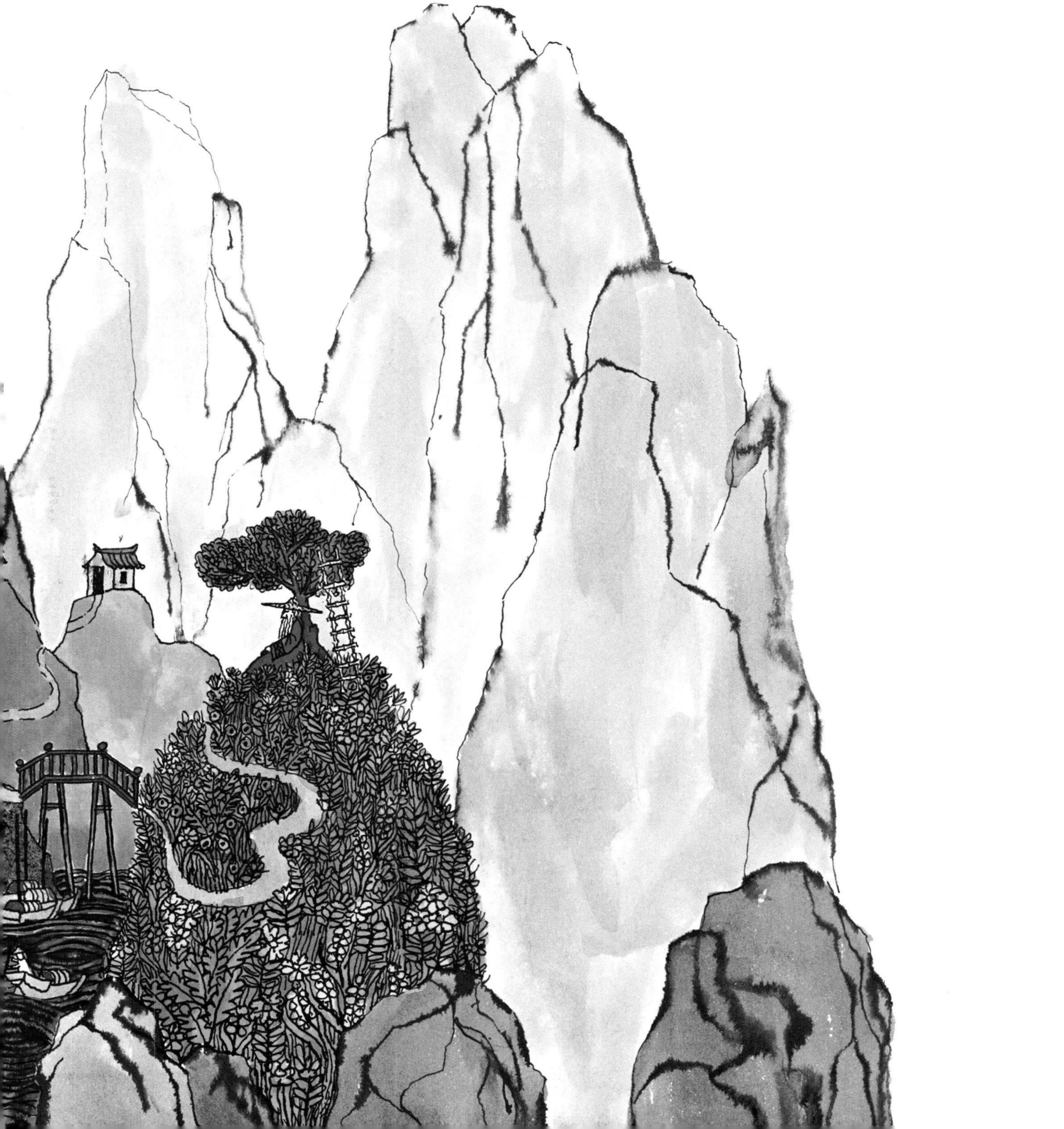

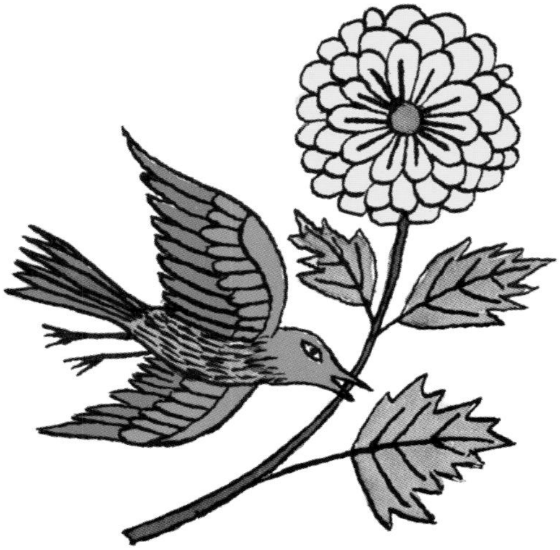

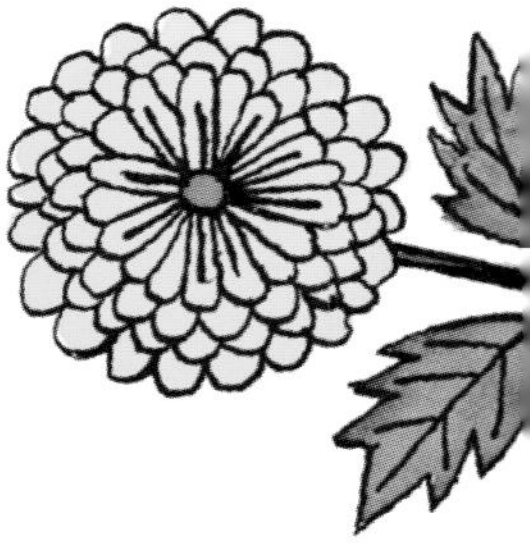

愛孩子愛自己

踢踢踢踢 天寶

亞林莫賽文 文
布萊爾藍特 圖
汪培珽 譯

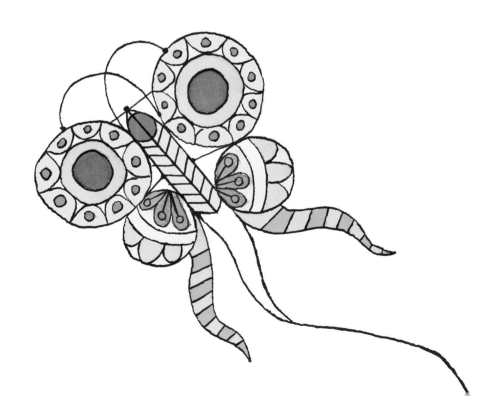

作　者｜亞林莫賽文
繪　者｜布萊爾藍特
譯　者｜汪培珽 wang_peiting@yahoo.com.tw

出版者｜愛孩子愛自己工作室——愛孩子愛閱讀
電　郵｜ s22475070@gmail.com
電　話｜ 02-2943-2411
出版日｜ 2013 / 5
ISBN 978-986-86102-8-6
經銷商｜聯寶國際 02-2695-4083
定　價｜ 288 元

Tikki Tikki Tembo

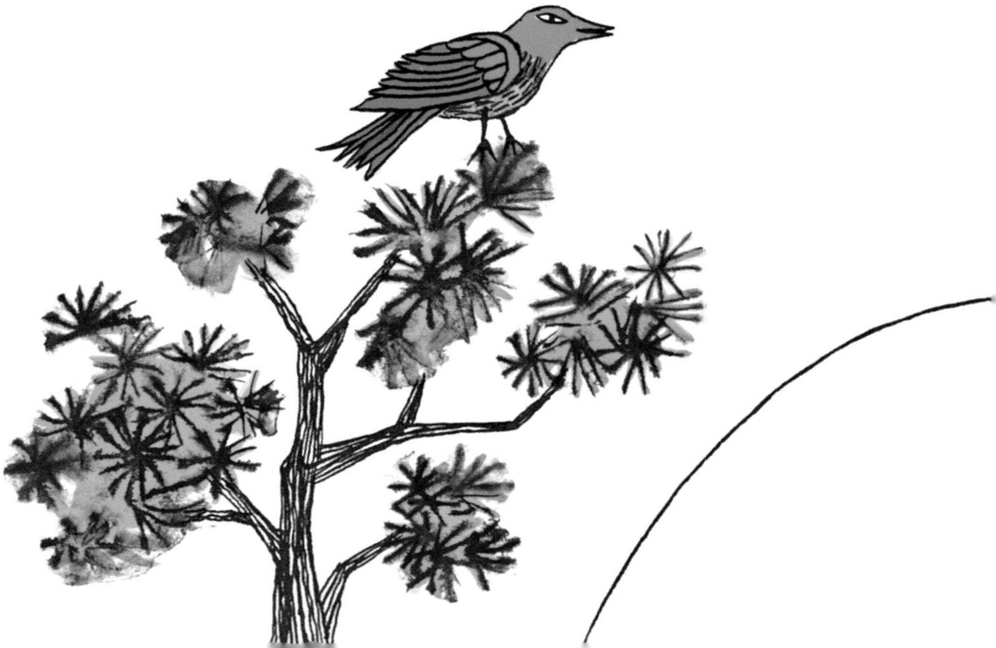

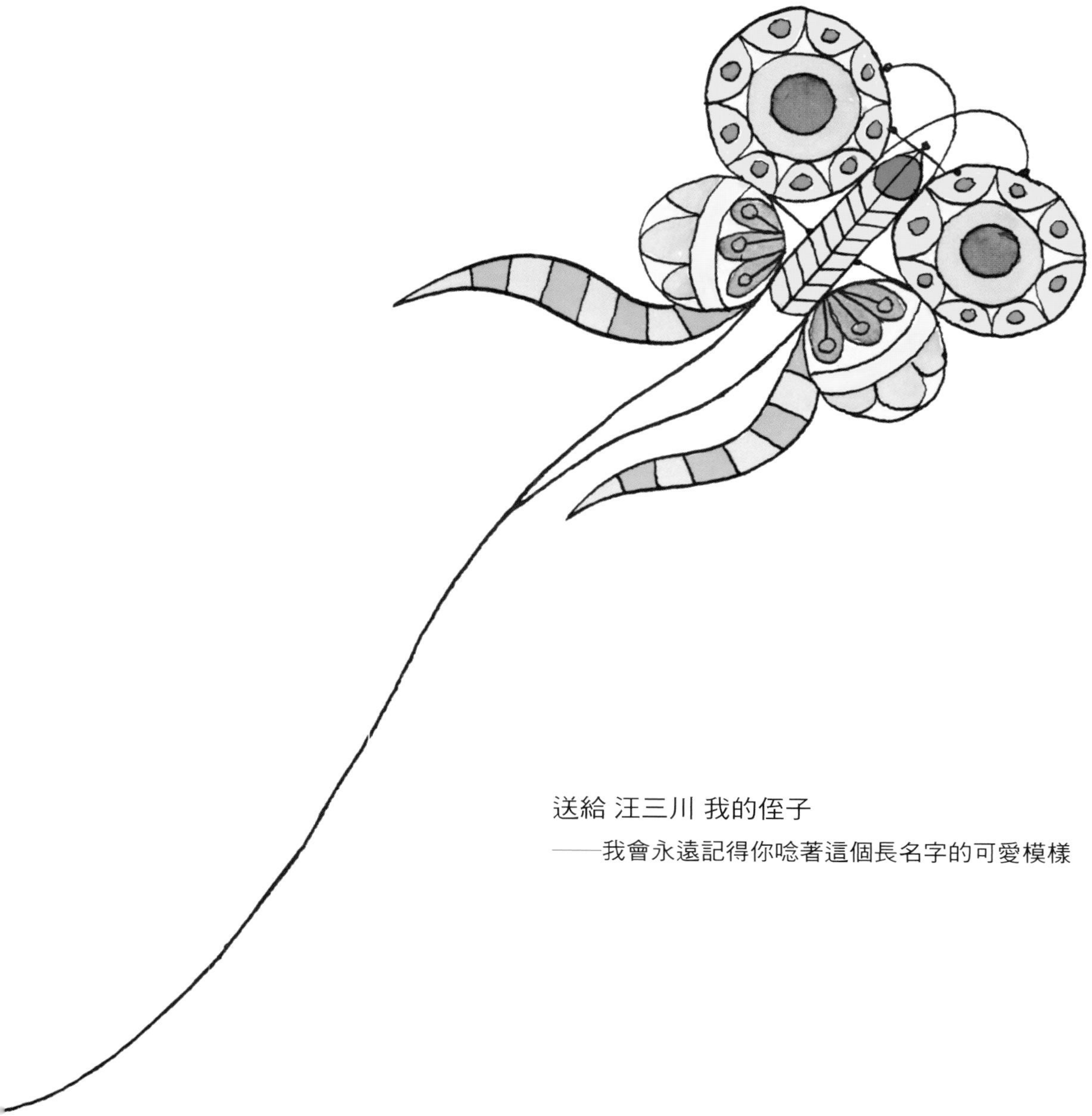

送給 汪三川 我的侄子

——我會永遠記得你唸著這個長名字的可愛模樣

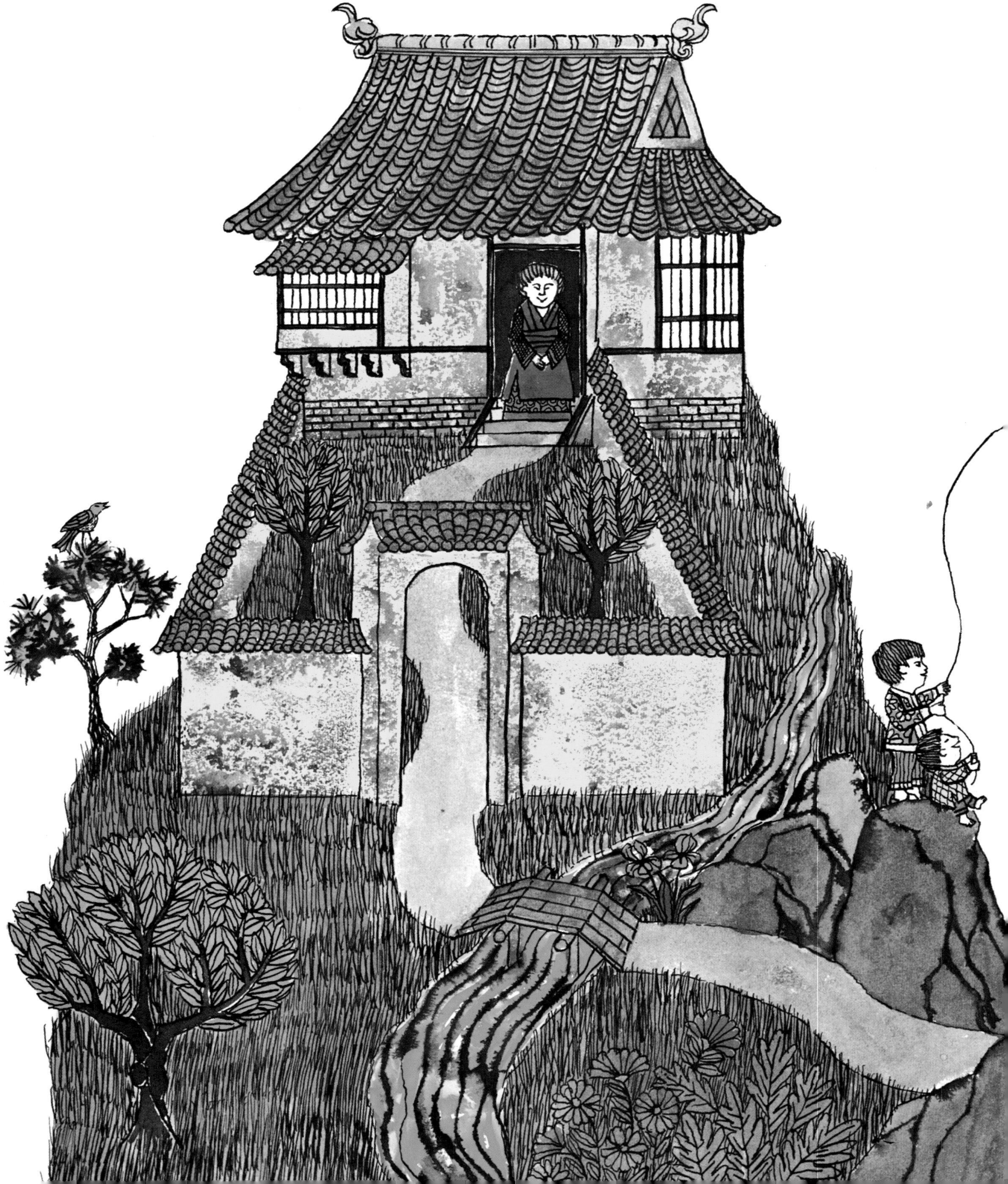

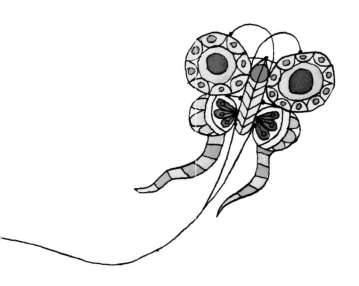

很久很久以前，在古老的中國有一個習俗，爸爸媽媽
會給他們第一個、最尊貴的兒子，取一個很長很長的名字。
但是到了第二個兒子，取什麼名字就一點也不重要了。

在山上的一個小村落裡，住著一位媽媽和她的兩個兒子。
她的第二個兒子叫「點」，意思是小，或沒什麼。但是
她給她第一個、最尊貴的兒子，取的名字是「踢踢踢踢
天寶 - 農沙 軟寶 - 查理 巴黎 瑞奇 - 皮皮 佩理 偏寶」，
意思是世界上最完美的小男孩。

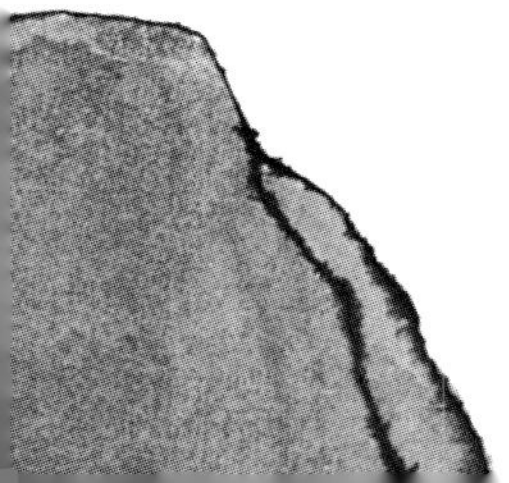

每天早上，媽媽都會到附近的小河邊洗衣服。兄弟倆總喜歡圍繞在媽媽身旁，一邊玩耍一邊跟她說話。河岸旁有一口老水井。

「不要靠近那個水井。」媽媽警告他們：
「不然你們一定會跌進去的。」

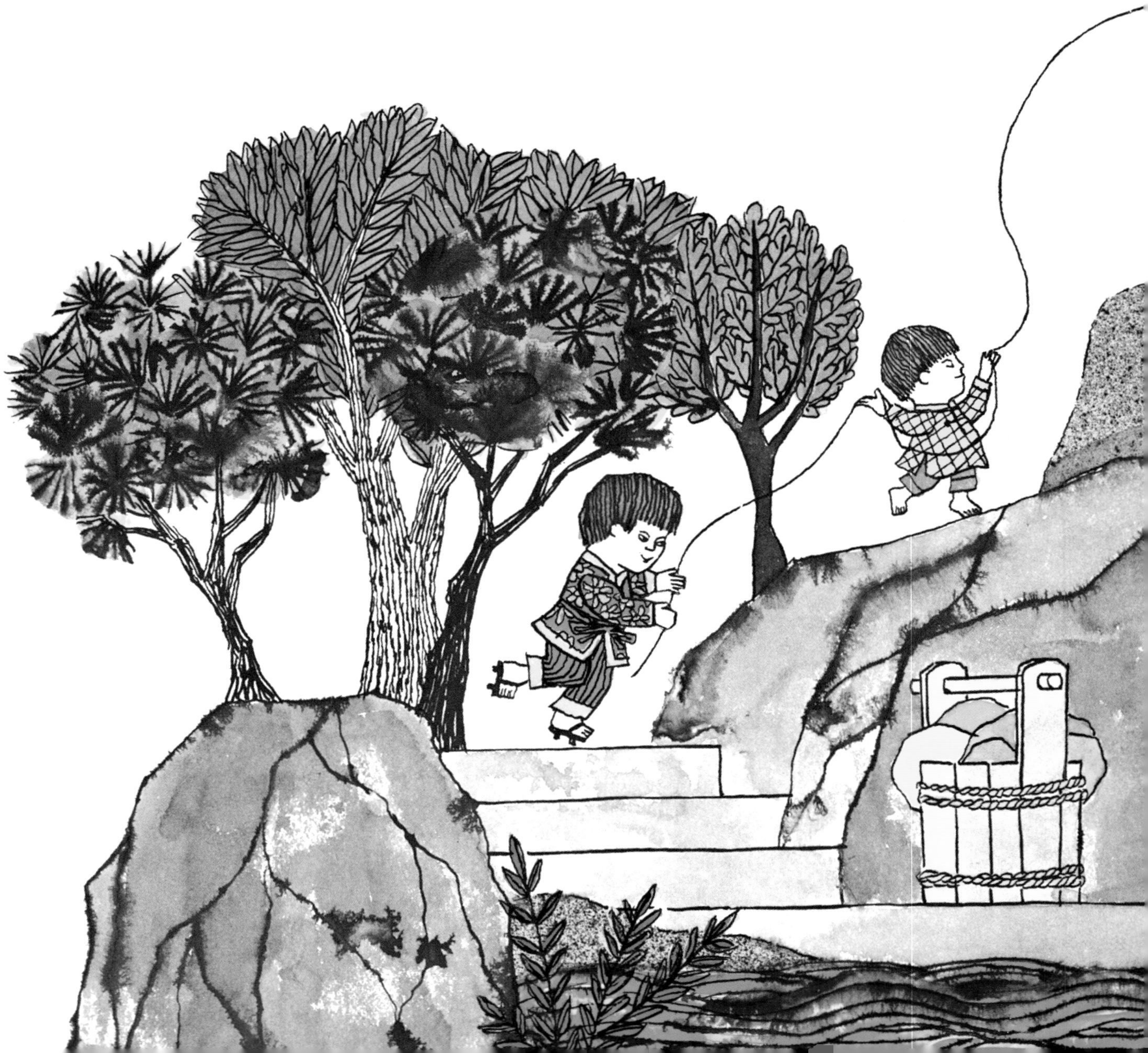

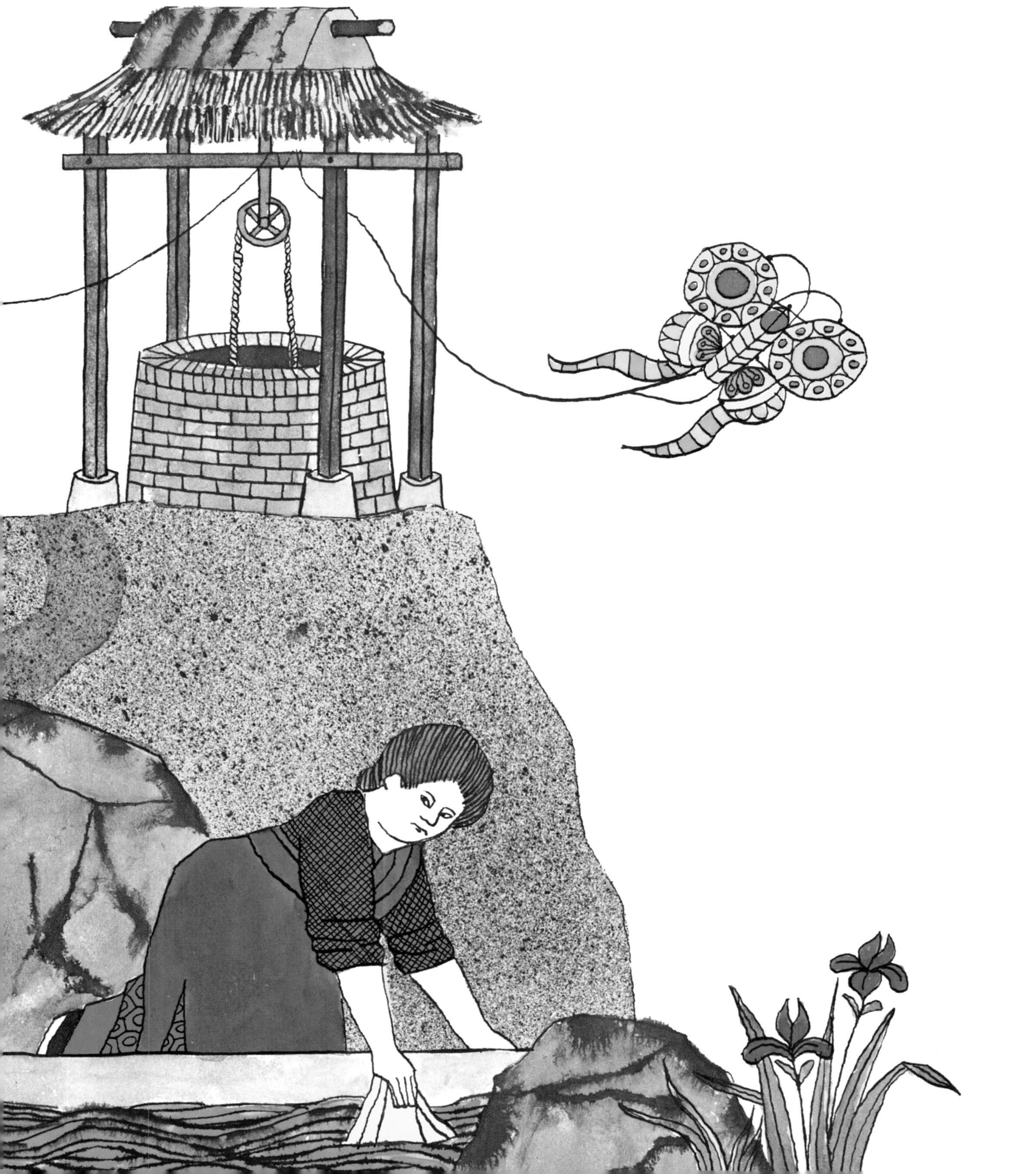

有時候，兄弟倆會忘了媽媽說過的話。有一天他們在井邊玩耍，弟弟點一不小心就跌了進去。

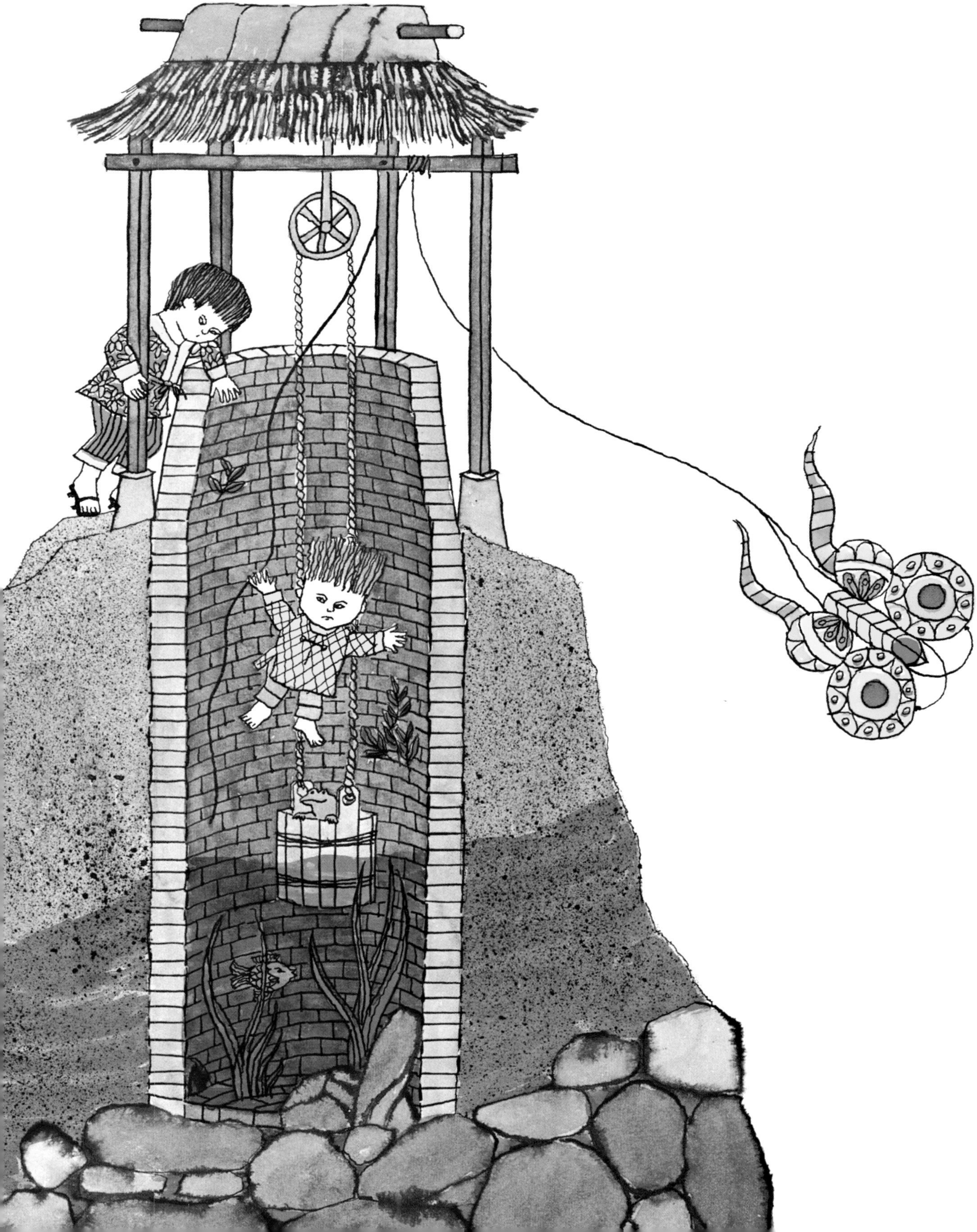

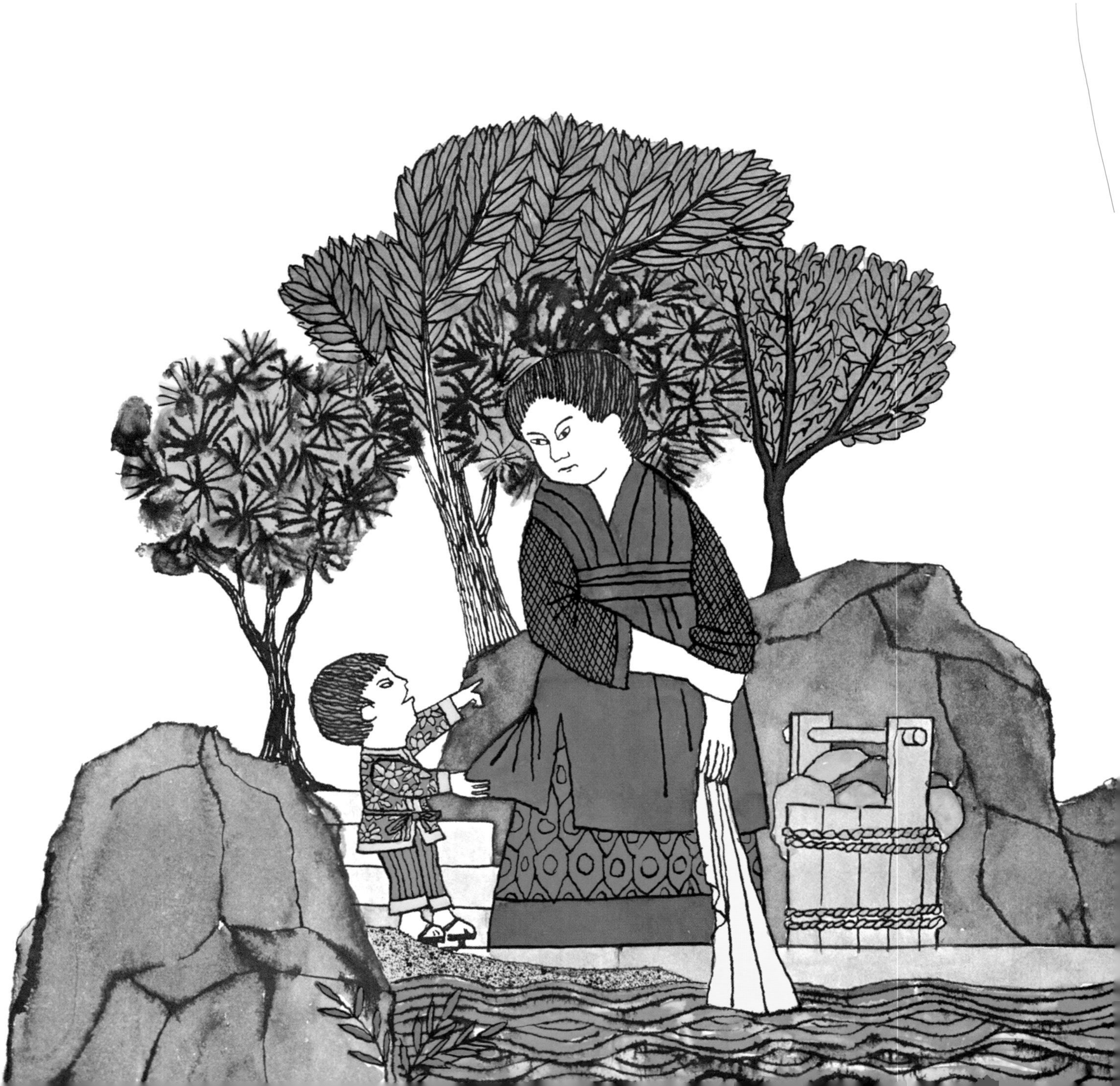

於是，踢踢踢踢 天寶 - 農沙 軟寶 - 查理 巴黎 瑞奇 - 皮皮 佩理 偏寶
就用他那兩條小腿可以跑的最快速度奔向媽媽，說：
「媽媽媽媽，點掉到井裡去了！」

媽媽說：「河水好吵啊，我最愛的兒子啊，我聽不到你在說什麼。」
然後，踢踢踢踢 天寶 - 農沙 軟寶 - 查理 巴黎 瑞奇 - 皮皮 佩理 偏寶
只好拉開嗓門大喊：
「媽媽媽媽，我最尊貴的媽媽，點掉到井裡去了！」

「唉呀！真糟糕，你們太淘氣了。」媽媽說：「快跑！快跑去找那個
有梯子的老人，請他把你弟弟救出來。」

然後，踢踢踢踢 天寶 - 農沙 軟寶 - 查理 巴黎 瑞奇 - 皮皮 佩理 偏寶
馬上用他那兩條小腿可以跑的最快速度奔向有梯子的老人，喊著：
「老公公，老公公，我弟弟點掉到井裡了，你可不可以趕緊去
救他出來？」

「哦──」有梯子的老人重複他的話：「點掉到井裡了。」

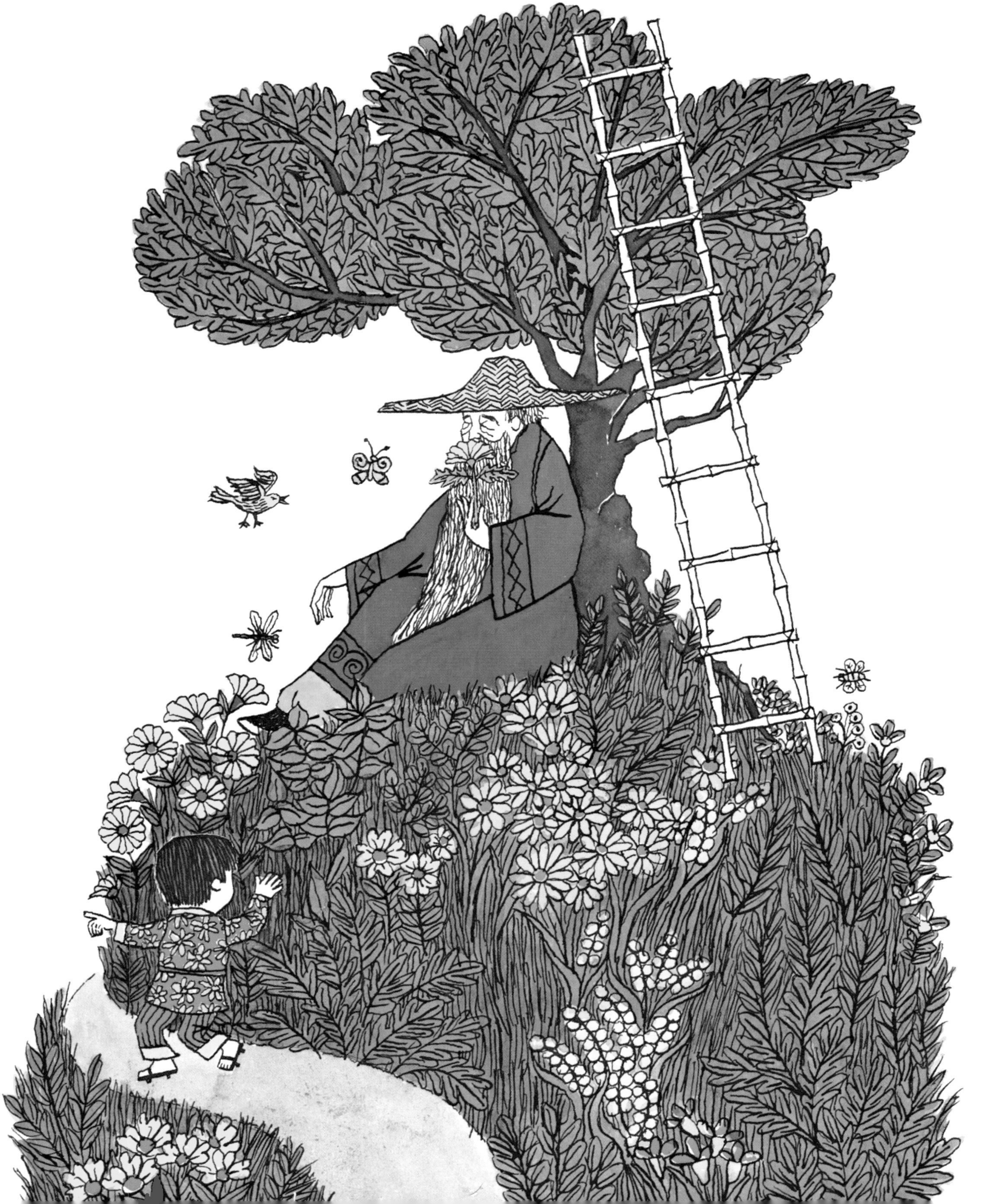

然後，老公公用他那兩條老腿可以走的最快速度，一步接著一步，
一步接著一步地走到井邊，再一步接著一步，一步接著一步地
將點從井裡救出來。

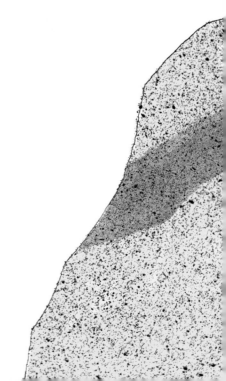

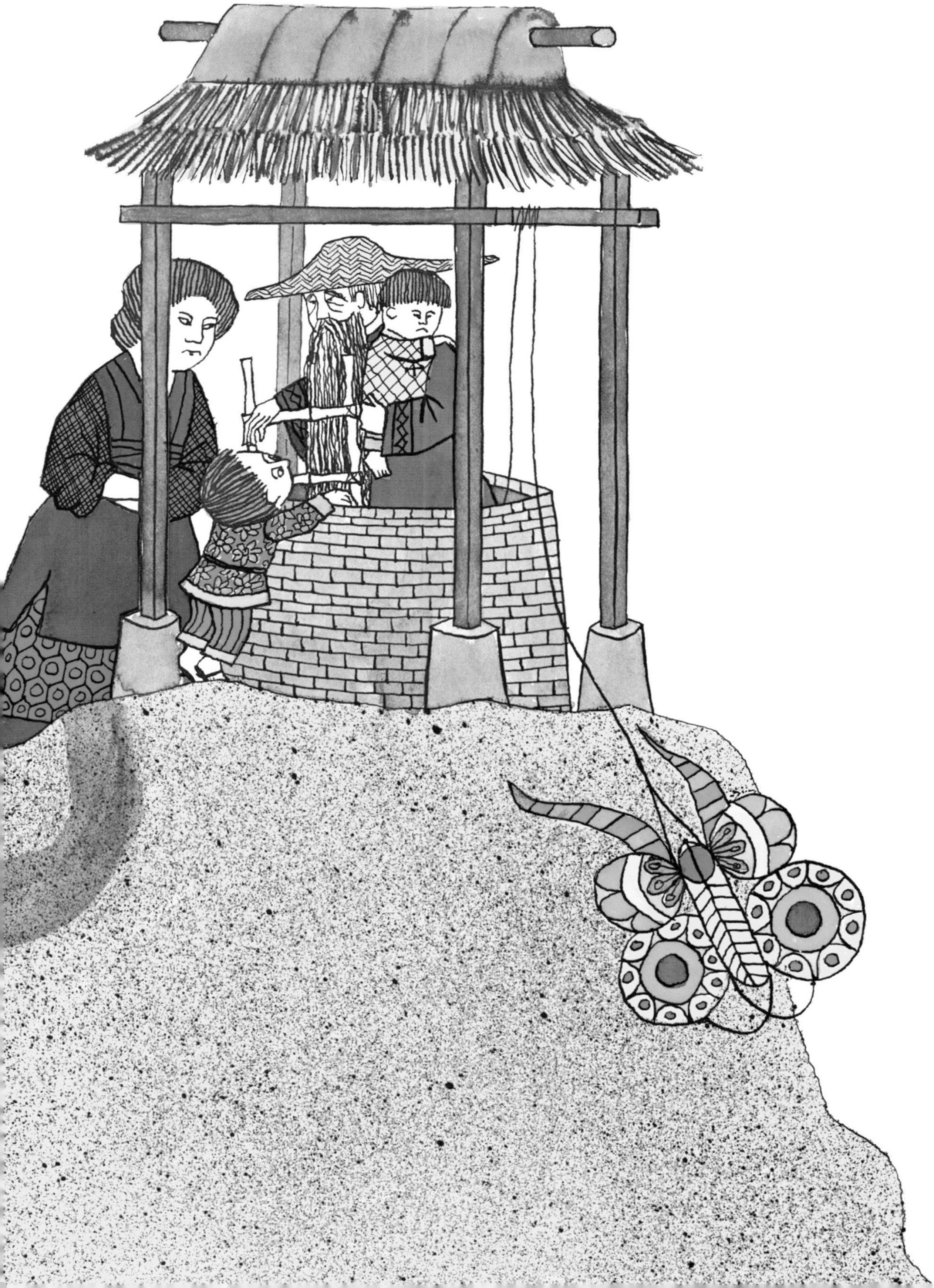

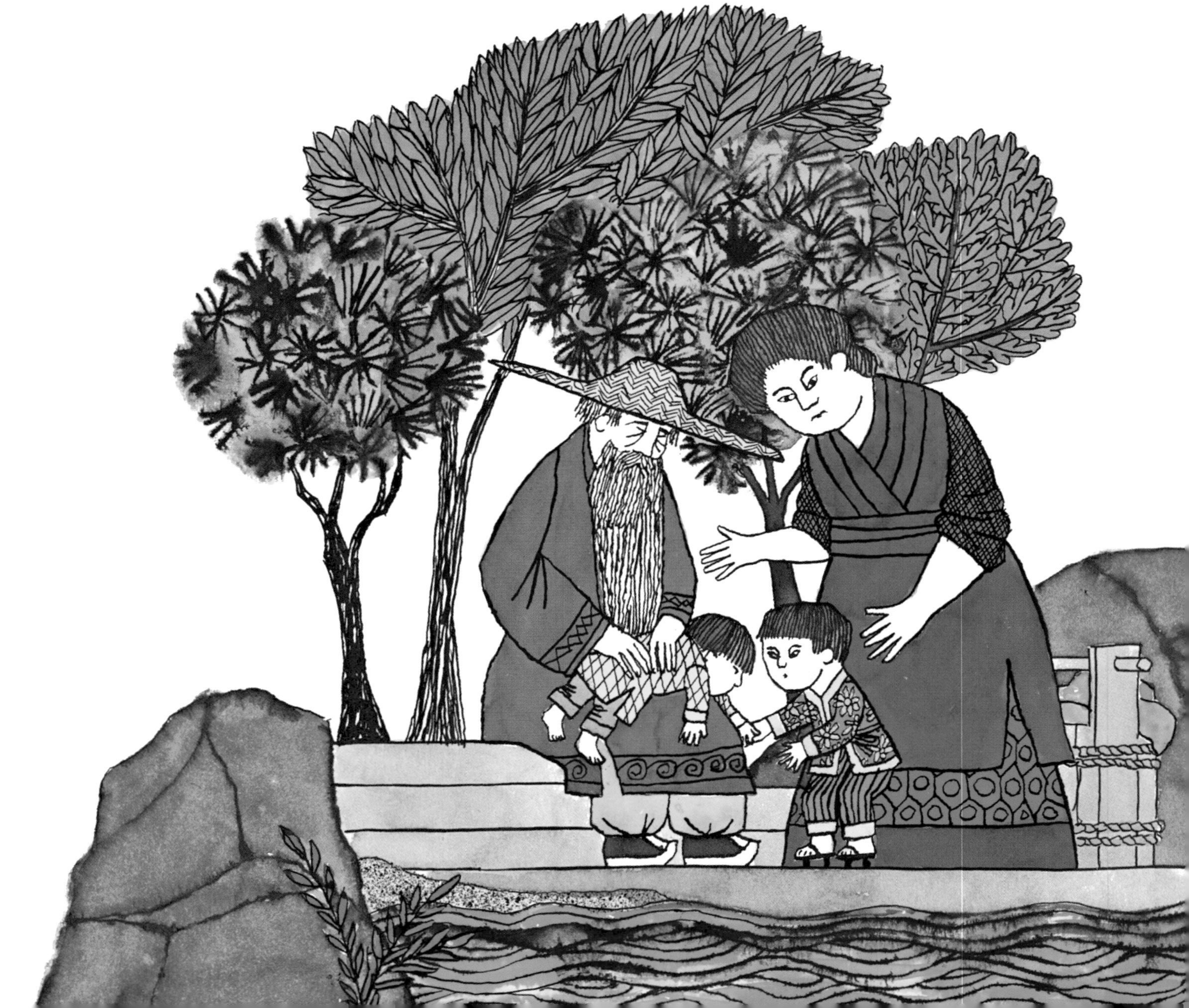

老公公幫他把肚子裡的水擠出來，再吹一些空氣進去，
一次、兩次、三次，很快地，點就跟從前一樣健康了。

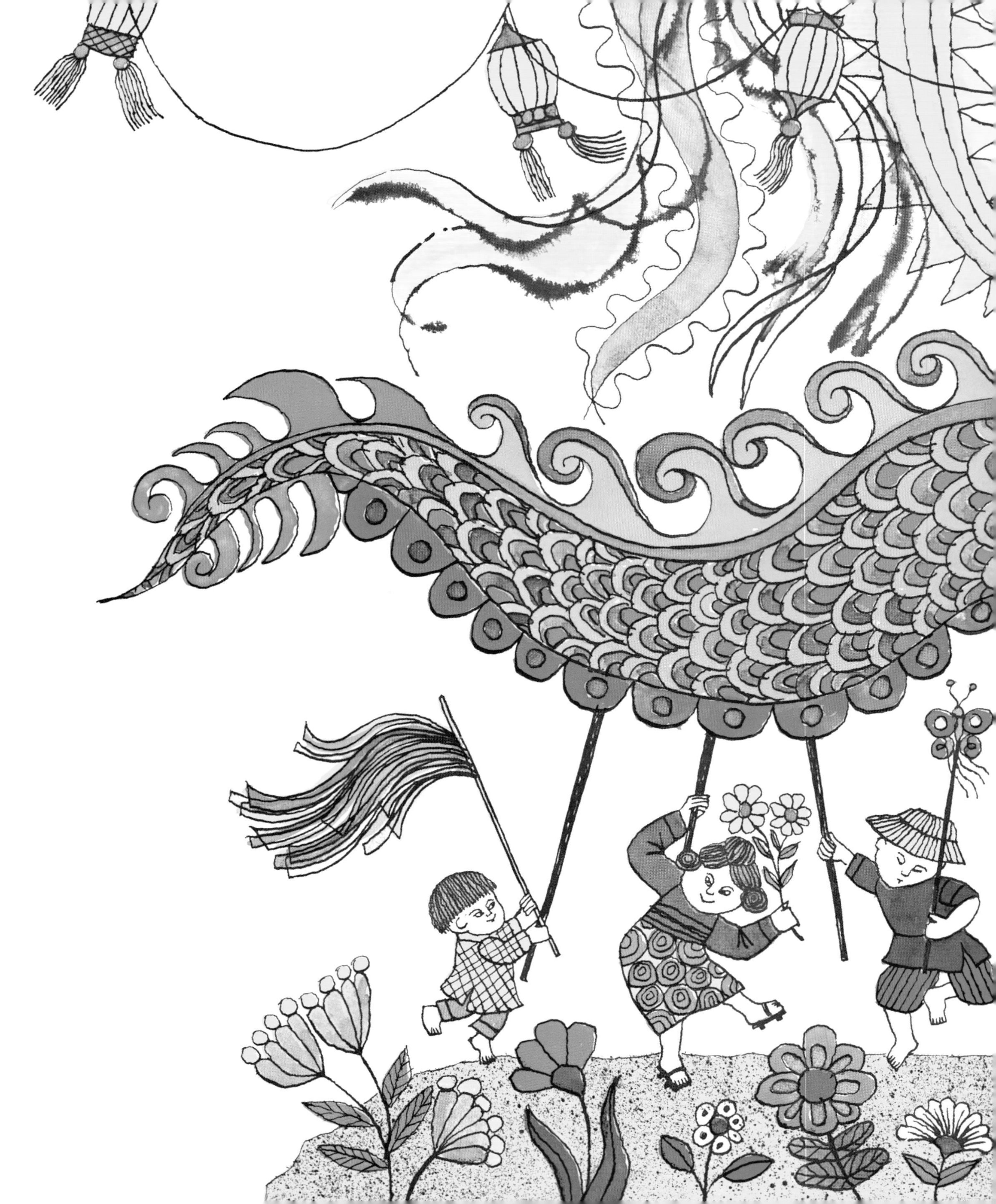

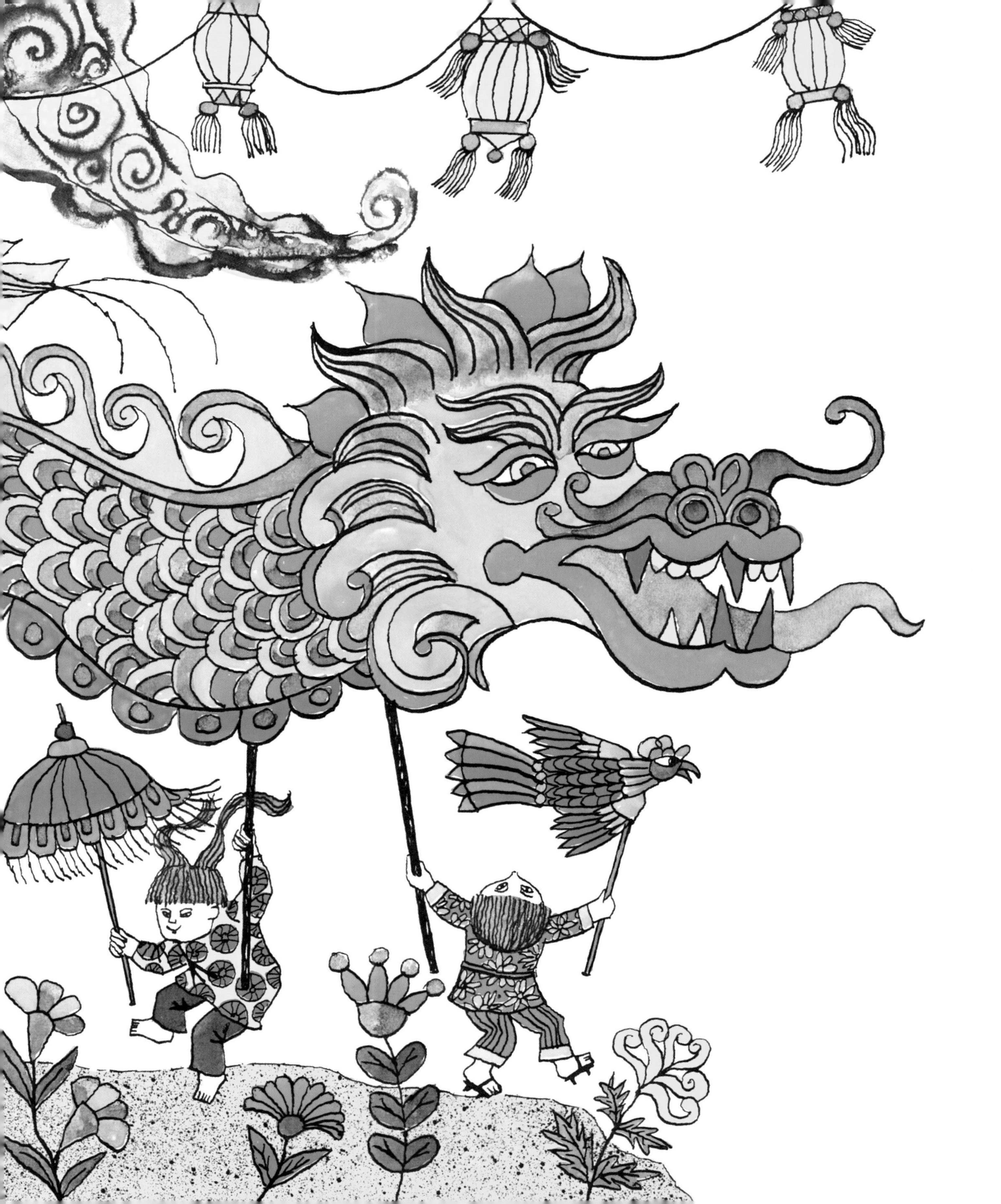

接連幾個月的時間，兄弟倆都不敢靠近井邊。直到中秋節之後，
有一天，他們又到井邊玩耍，吃著月餅。

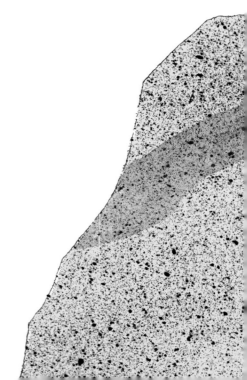

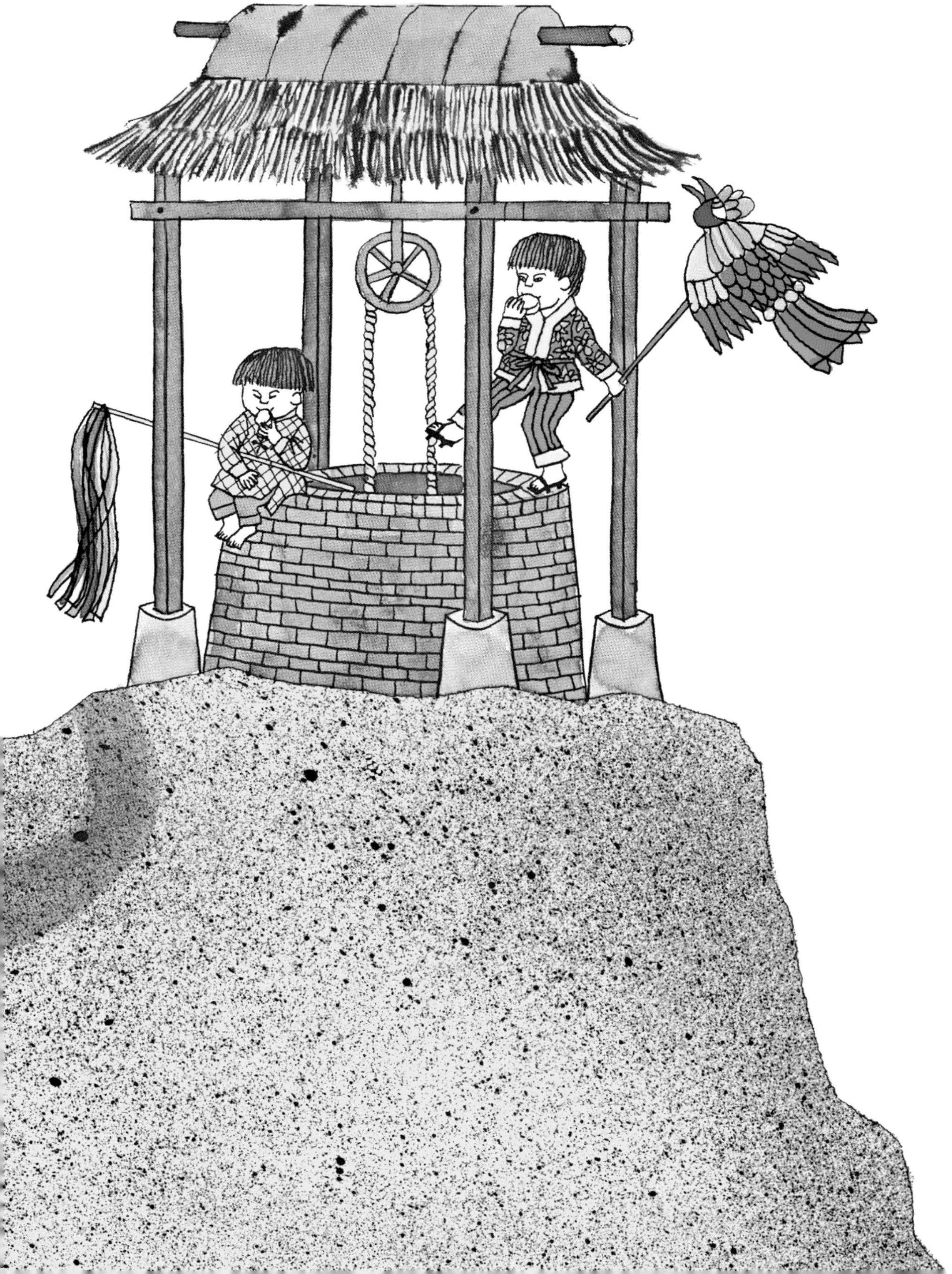

他們靠著井邊吃月餅，他們靠著井邊玩耍，他們在井的洞口邊上
走來走去。結果一個不小心，踢踢踢踢 天寶 - 農沙 軟寶 - 查理
巴黎 瑞奇 - 皮皮 佩理 偏寶就掉到井裡去了。

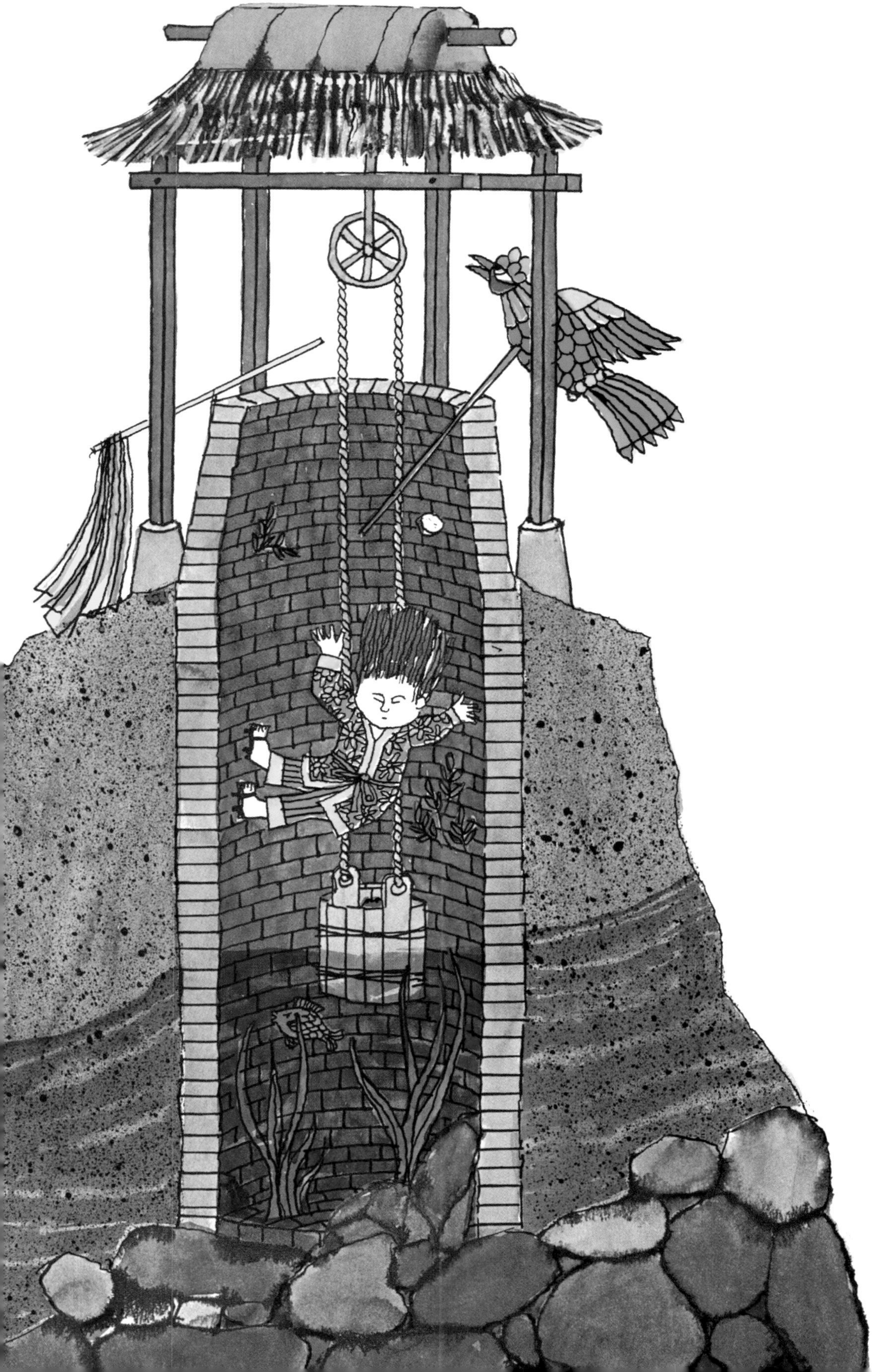

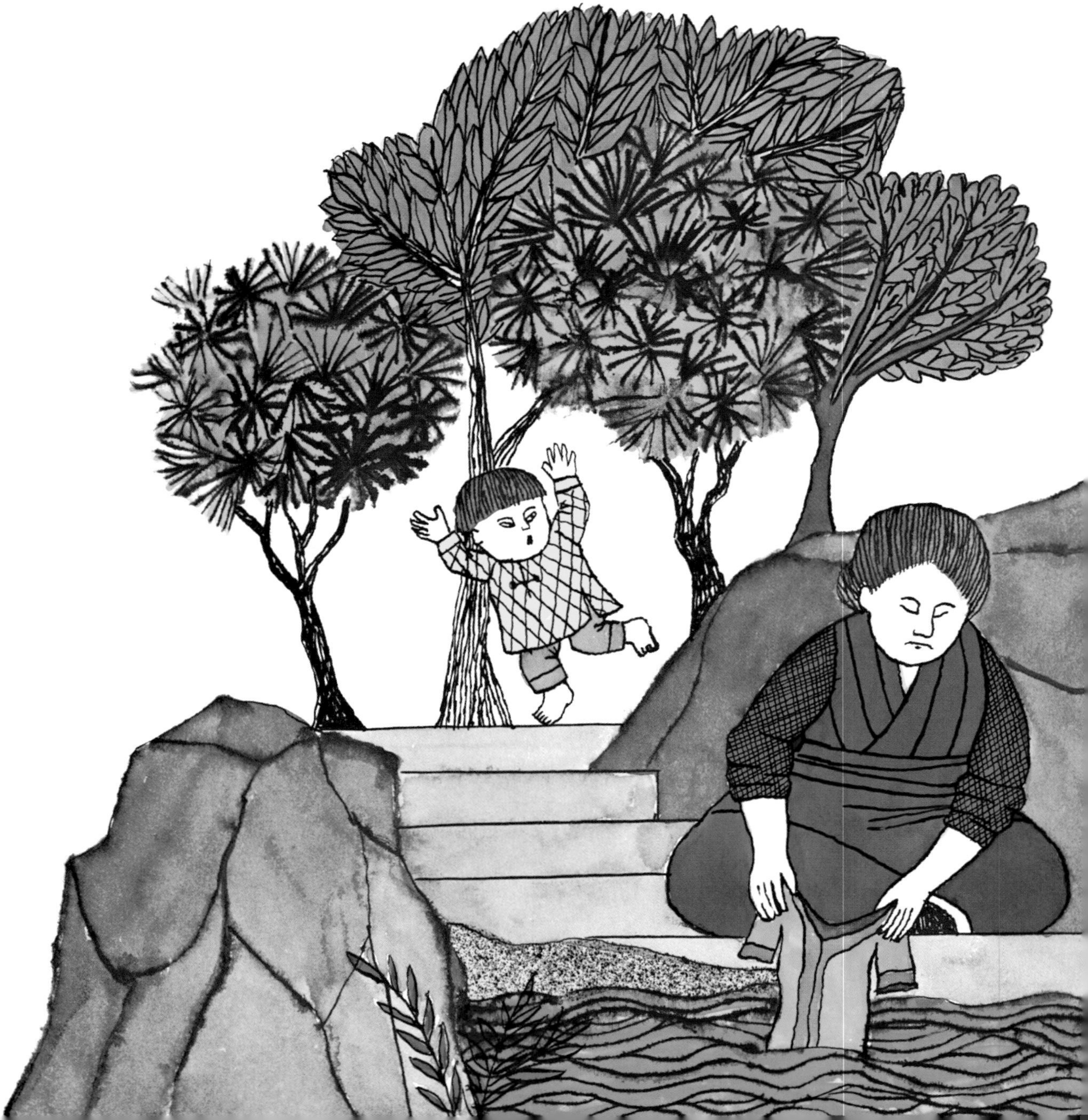

於是，點就用他那兩條小腿可以跑的最快速度奔向媽媽，說：
「媽媽媽媽，踢踢踢踢 天寶 - 農沙 軟寶 - 查理 巴黎 瑞奇 -
皮皮 佩理 偏寶掉到井裡去了！」

媽媽說：「河水好吵，兒子啊，我聽不到你在說什麼。」

於是，點先深呼吸一大口氣，再說一次：
「媽媽媽媽，我最尊貴的媽媽，」他喘著氣，「踢踢踢踢 天寶 -
農沙 軟寶 - 查理 巴黎 瑞奇 - 皮皮 佩理 偏寶掉到井裡去了！」

媽媽問：「淘氣的孩子，你到底要說什麼？」

「我最尊貴的媽媽，

查理 巴黎

軟寶

踢踢踢踢，」

他氣喘吁吁地說：

「皮皮 皮皮

掉到井裡去了。」

「真是不幸哪，兒子，

你的舌頭一定是被餓鬼給吃了。

叫你哥哥的名字要尊敬點。」

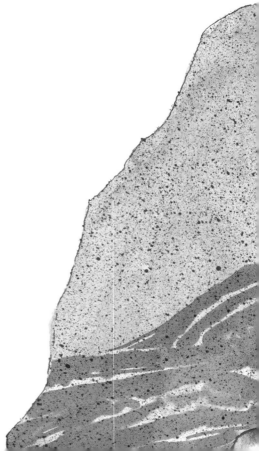

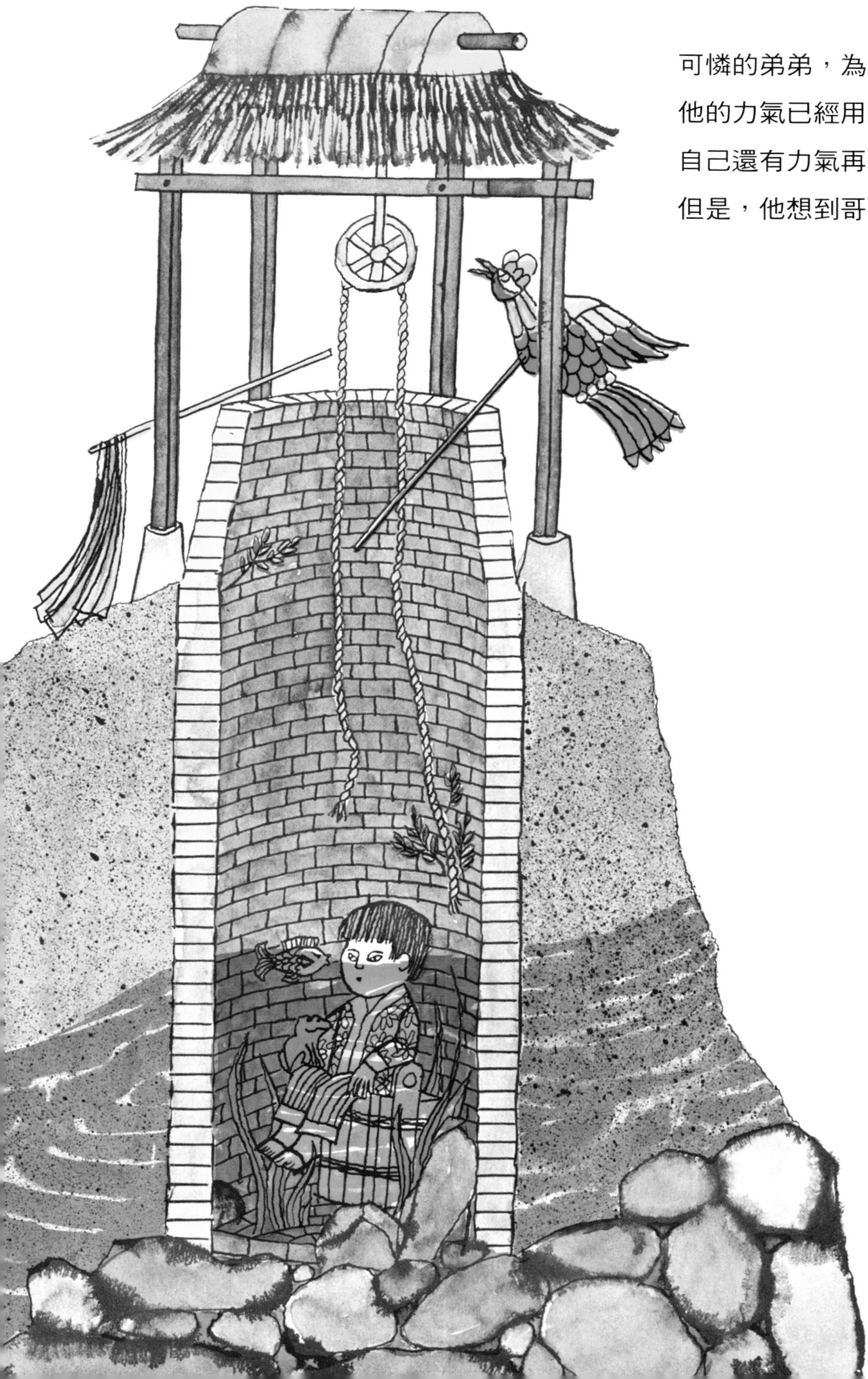

可憐的弟弟，為了喊這麼長的名字，
他的力氣已經用盡了，他不認為
自己還有力氣再說一次哥哥的名字。
但是，他想到哥哥還在那口老井裡。

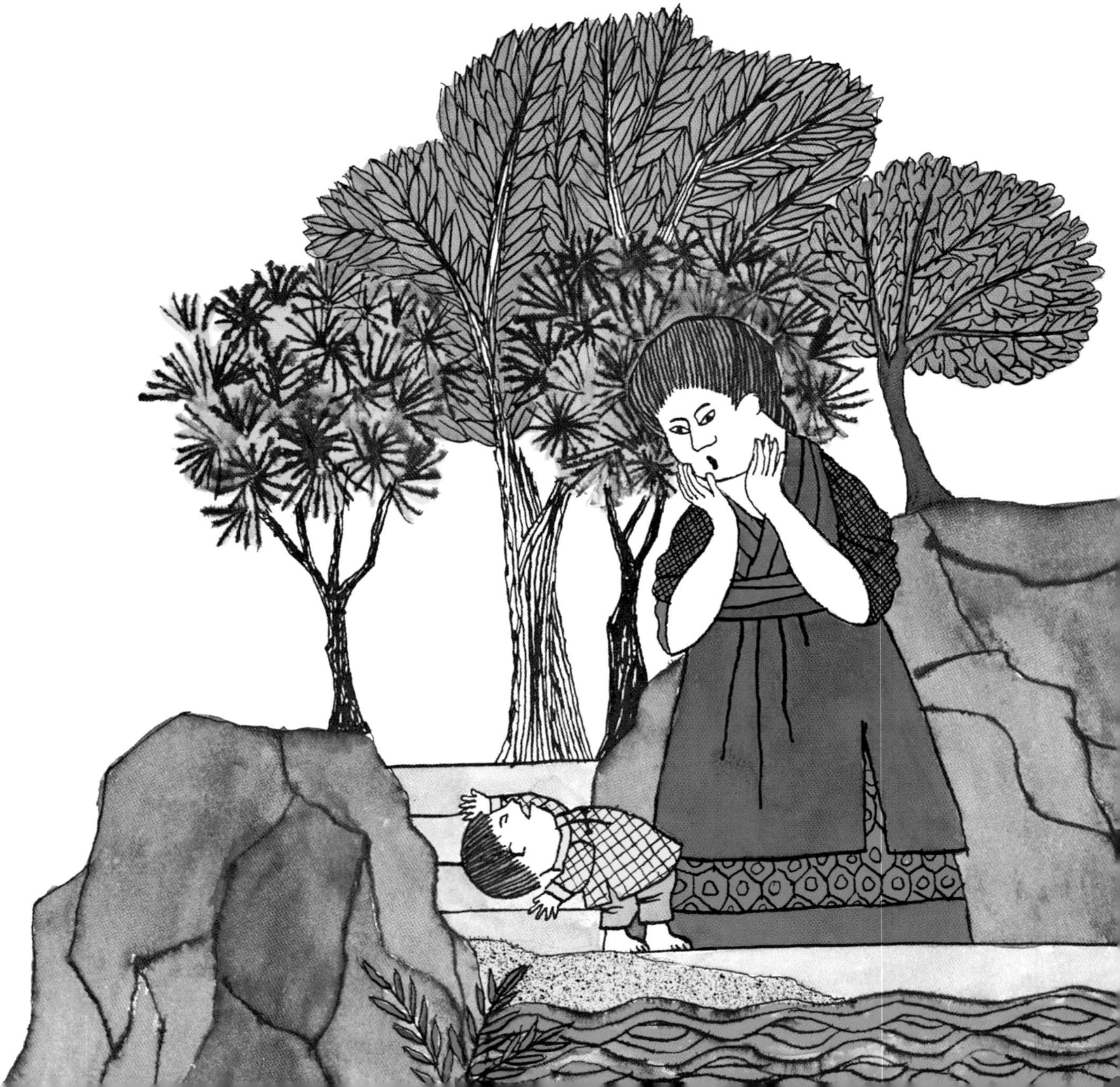

點將自己的頭往後仰，幾乎都快要碰到地上了，才讓他吸進了
好大一口氣，然後他慢慢地、一個字一個字地說：
「我最尊貴的媽媽，踢踢踢踢 天寶 - 農沙 軟寶 - 查理 巴黎
瑞奇 - 皮皮 佩理 偏寶現在在井底。」

「哦，不！那是我第一個、最尊貴的兒子，我們家的繼承人。
快點跑！去跟那個有梯子的老人說你哥哥掉到井裡了。」

點就用他那兩條小腿可以跑的最快速度，奔向那個
有梯子的老人。在一棵樹下，有梯子的老人正在休息。

「老公公，老公公！」點大喊：「快點來！踢踢踢踢 天寶 -
農沙 軟寶 - 查理 巴黎 瑞奇 - 皮皮 佩理 偏寶掉到井裡去了！」

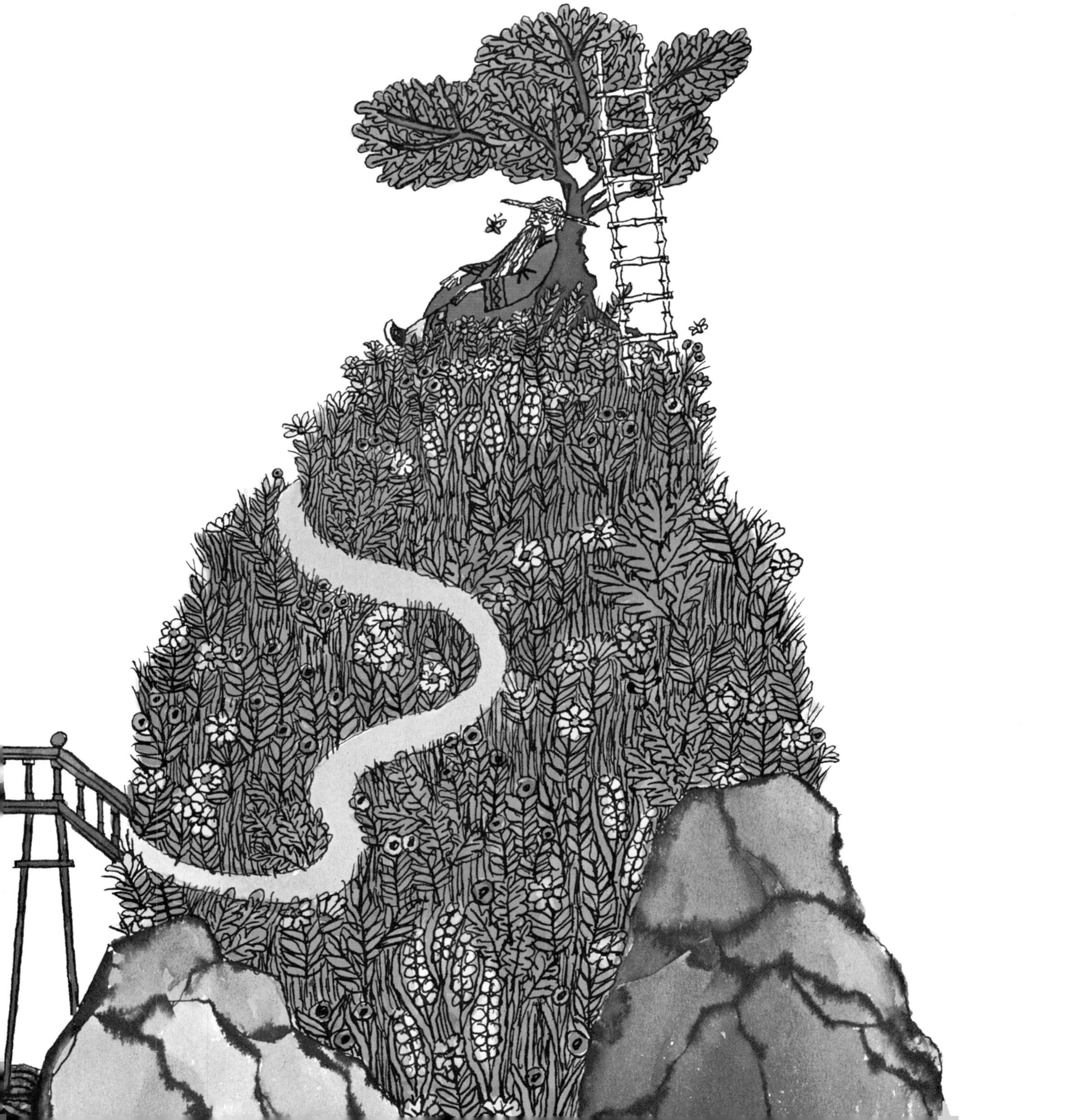

老人沒有回應。弟弟很迷惑，然後他憑著最後一口氣，再喊一次：
「老公公，踢踢踢踢 天寶 - 農沙 軟寶 - 查理 巴黎 瑞奇 - 皮皮
佩理 偏寶正在井底。」

「可憐的孩子，你打斷了我的好夢。我剛剛正飄在一片紫色的雲上，
又看到我年輕的樣子。如果你讓我把眼睛再閉上，說不定我還可以
再回到我的好夢裡。」

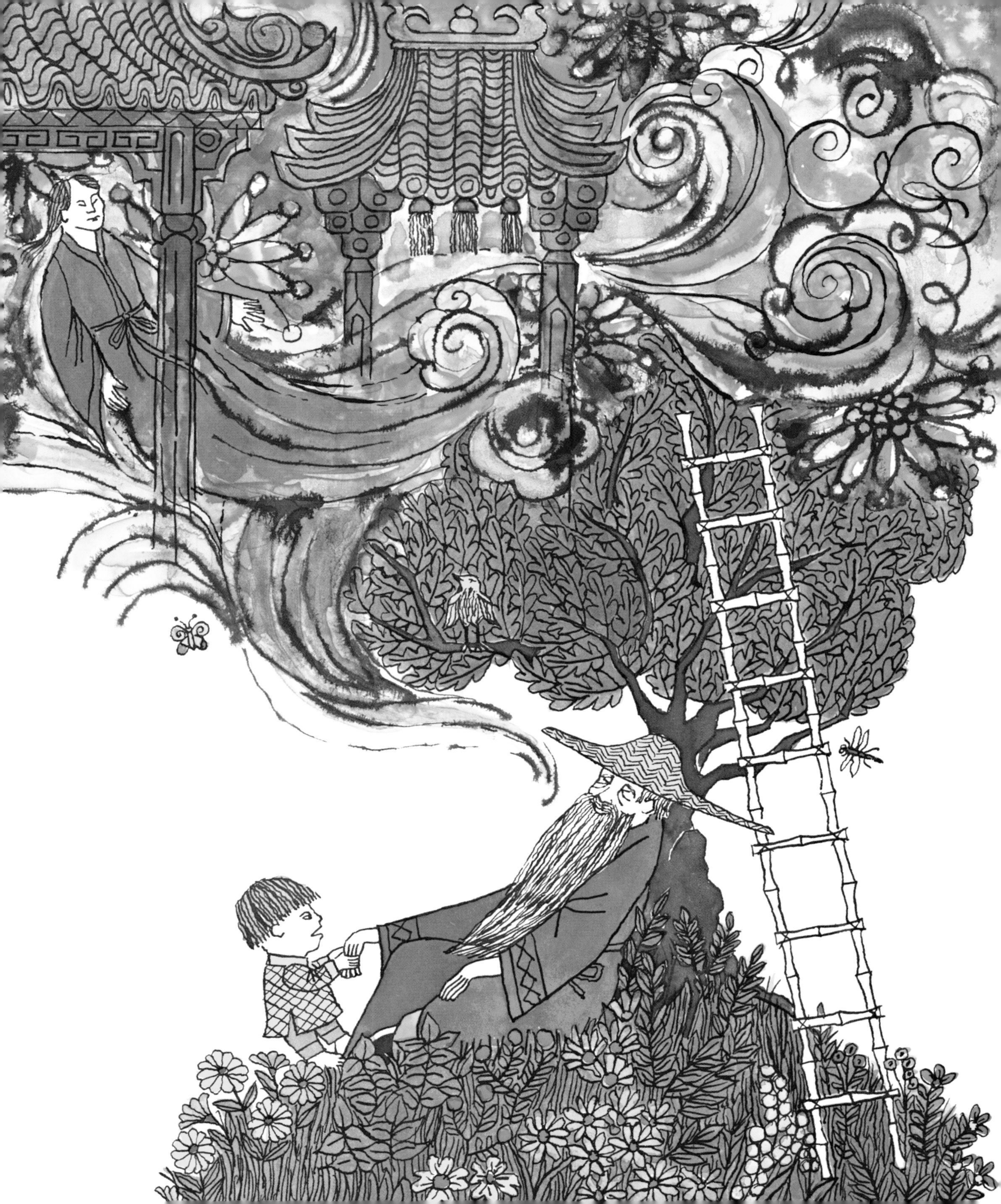

可憐的弟弟點，這時候嚇壞了。他再也沒有辦法再說一次
這麼長的名字了。

「拜託，有梯子的老公公，請你幫我把我哥哥從那冰冷的
井裡救出來吧。」

「原來，」有梯子的老人說：「你媽媽『最寶貴的珍珠』
掉到井裡去了！」

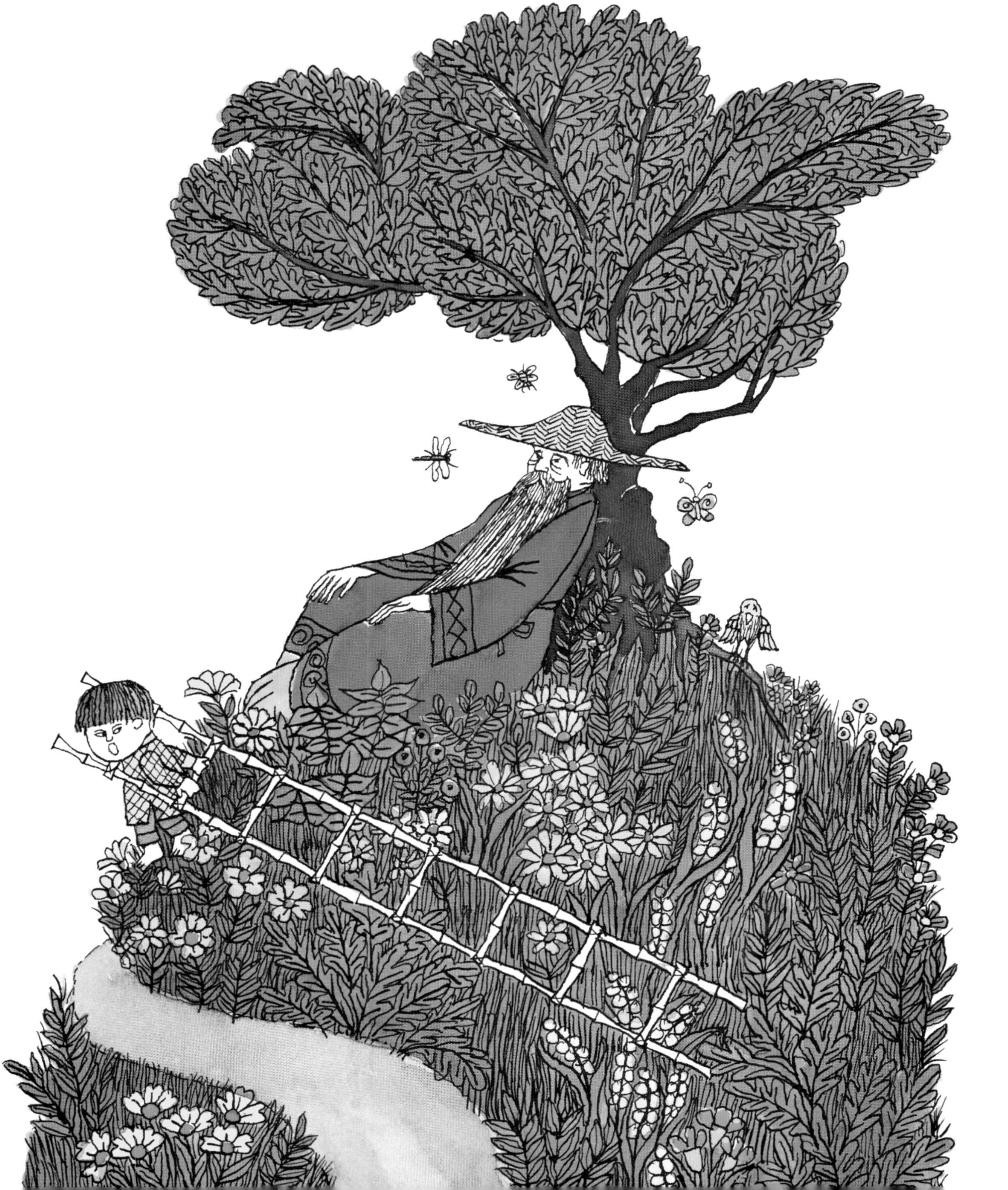

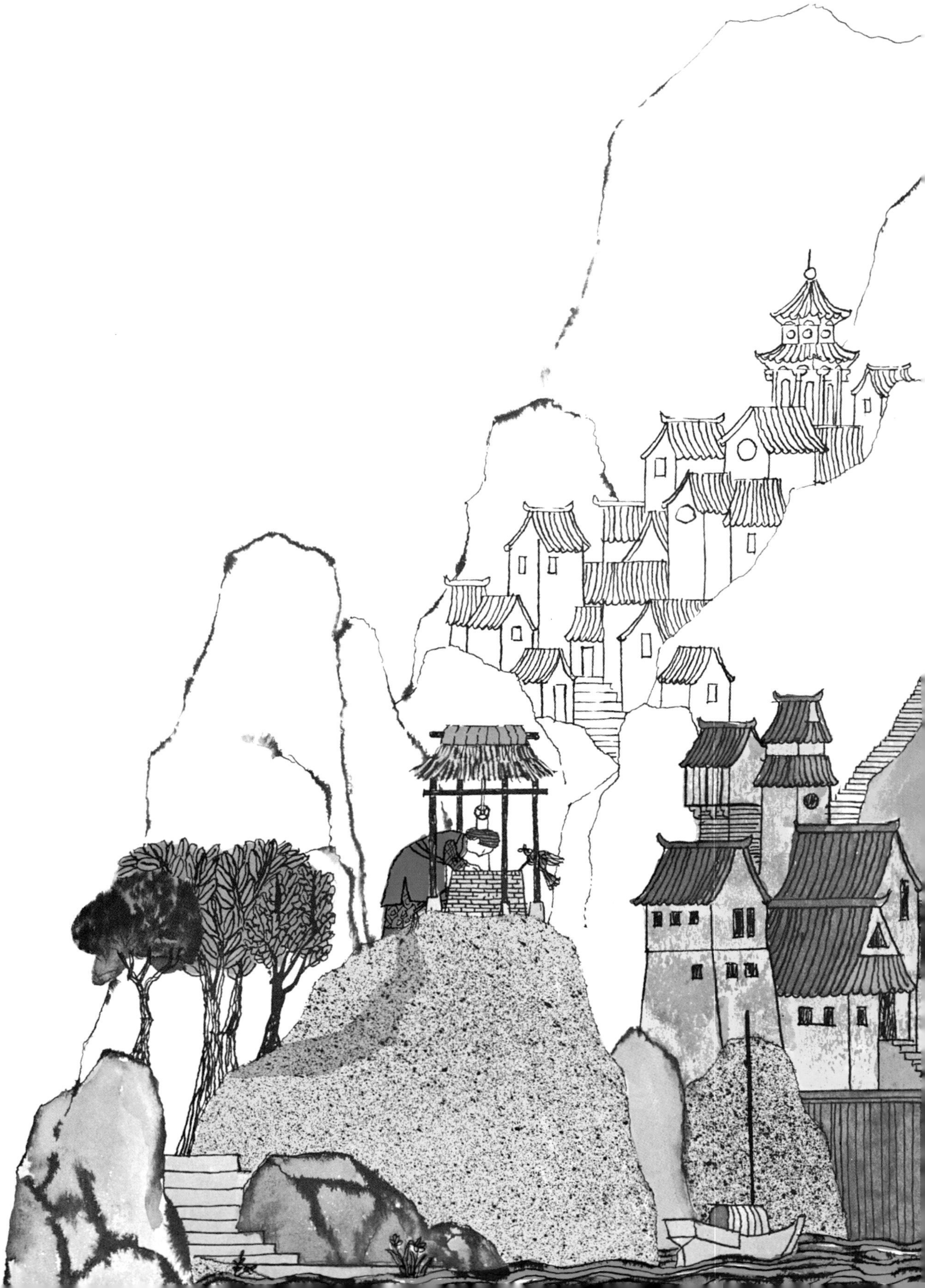

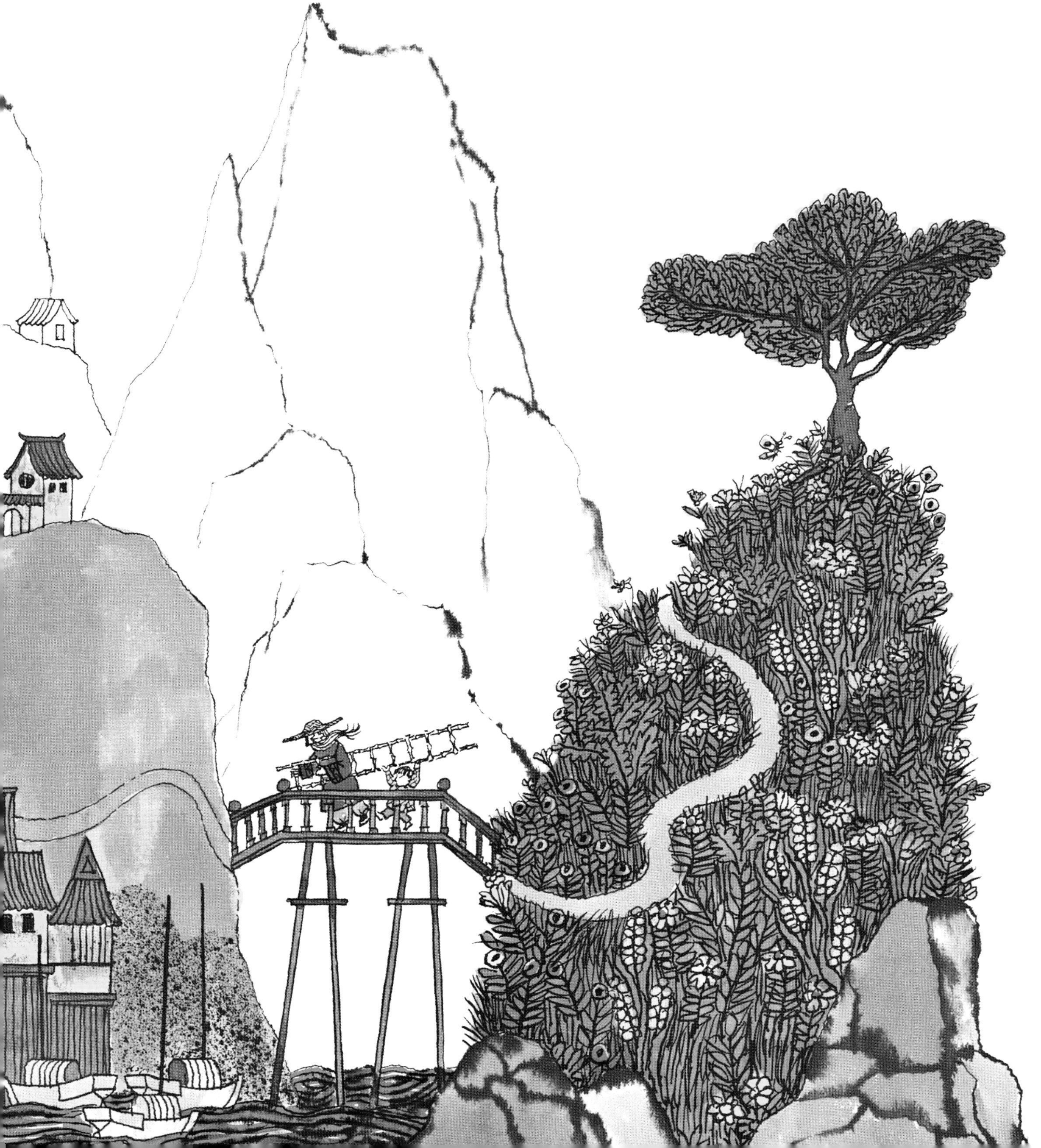

有梯子的老人用他那兩條老腿可以走的最快速度，一步接著一步，
一步接著一步地走到井邊，再一步接著一步，一步接著一步地
將哥哥從井裡救出來。然後，他幫哥哥把肚子裡的水擠出，
吹一些空氣進去，又將肚子裡的水擠出，再吹一些空氣進去。

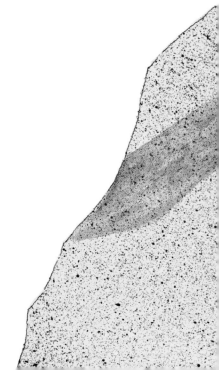

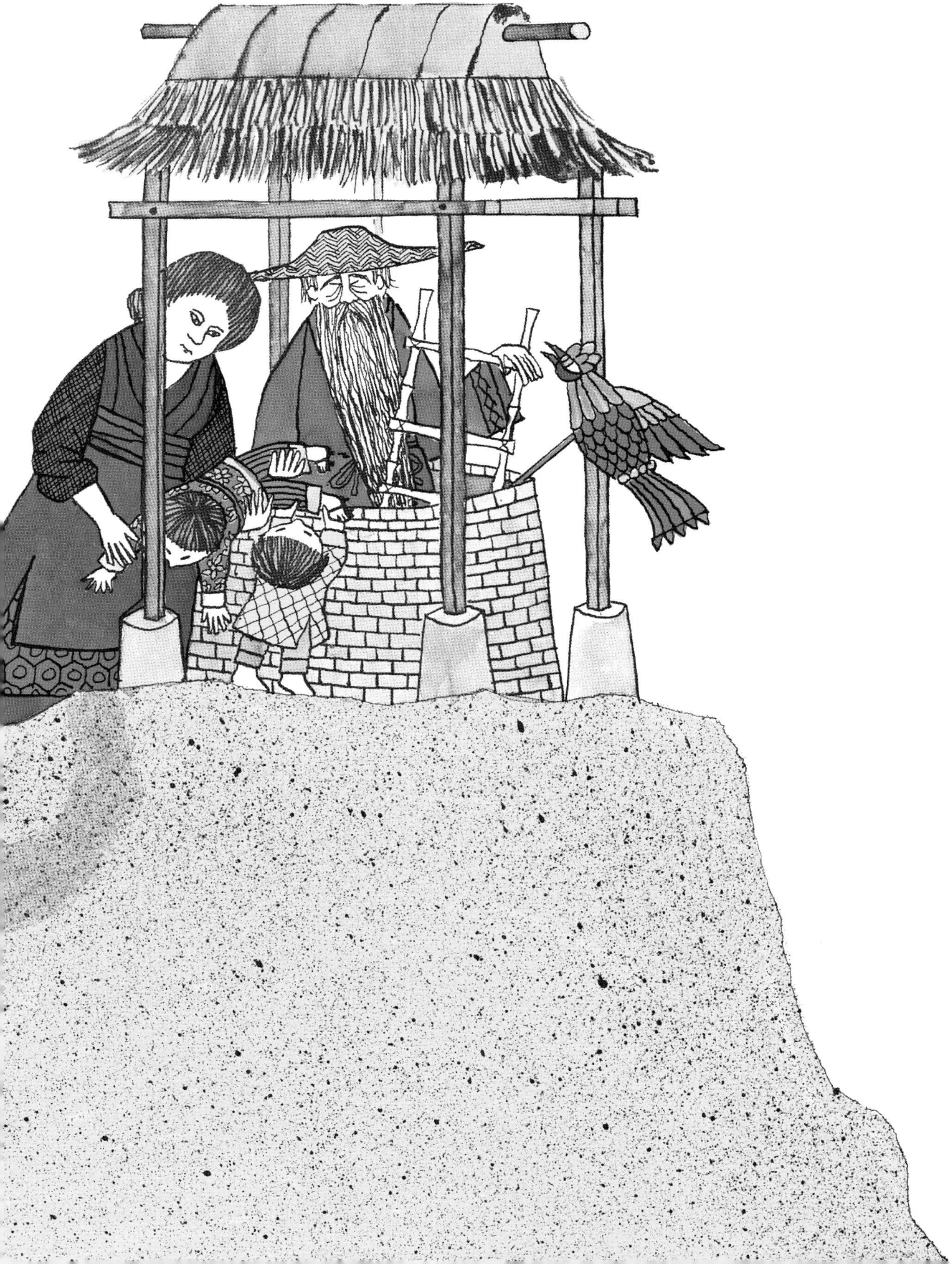

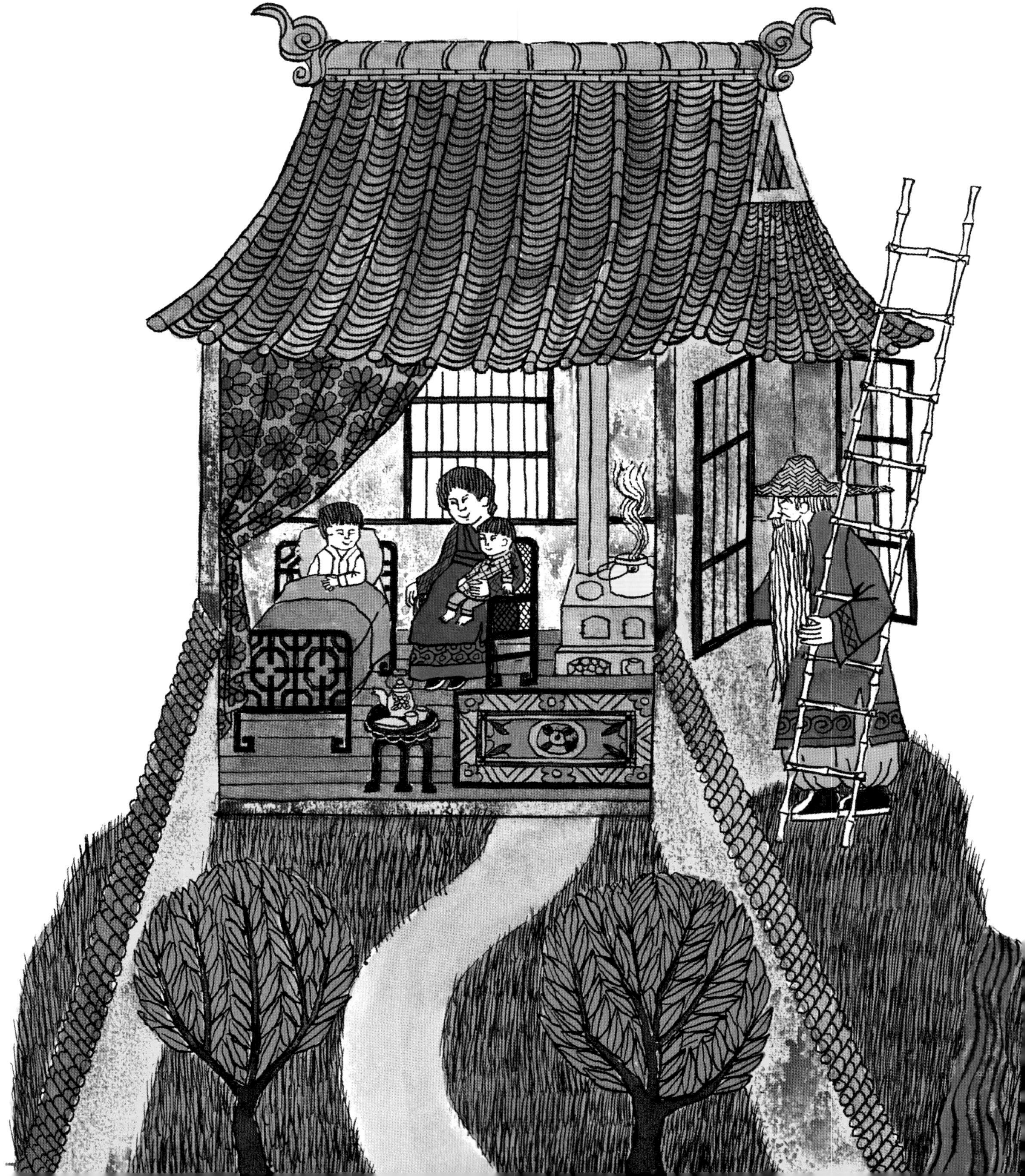

但是，踢踢踢踢 天寶 - 農沙 軟寶 - 查理 巴黎 瑞奇 - 皮皮
佩理 偏寶在井裡待太久了，都是因為他有個這麼長的名字。
所以他經過了好幾個月的修養，才恢復了健康。

從那一天起，中國的爸爸媽媽發現，給小孩取短短的名字，
才是聰明的選擇。他們再也不給小孩取長長的名字了。

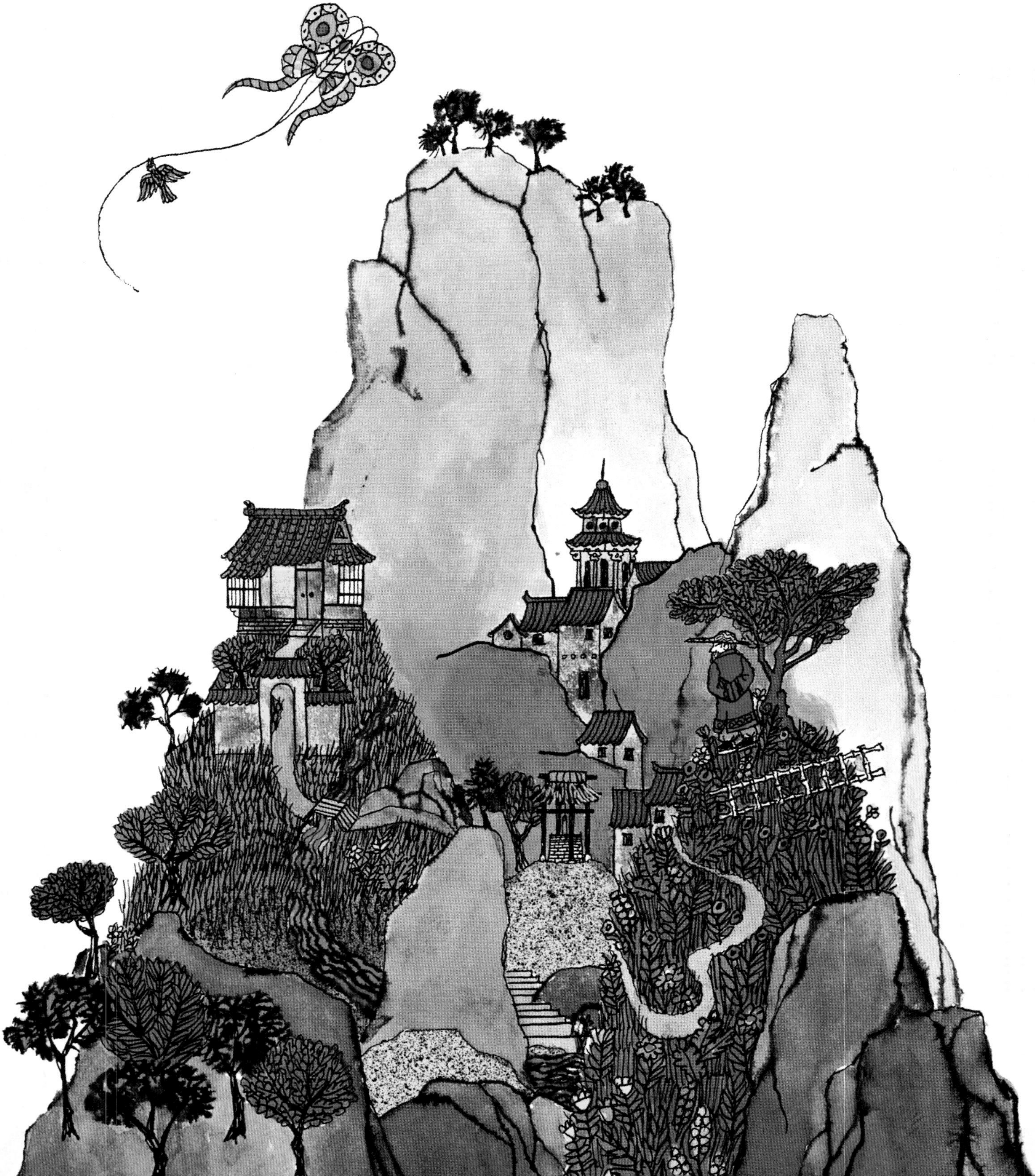